A Kalmus Classic Edition

Béla

BARTÓK

PIANO PIECES
FOR CHILDREN

VOLUME I

FOR PIANO

K 02151

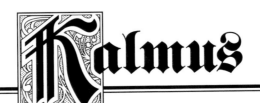

LITTLE PIECES FOR CHILDREN

I

BÉLA BÁRTOK

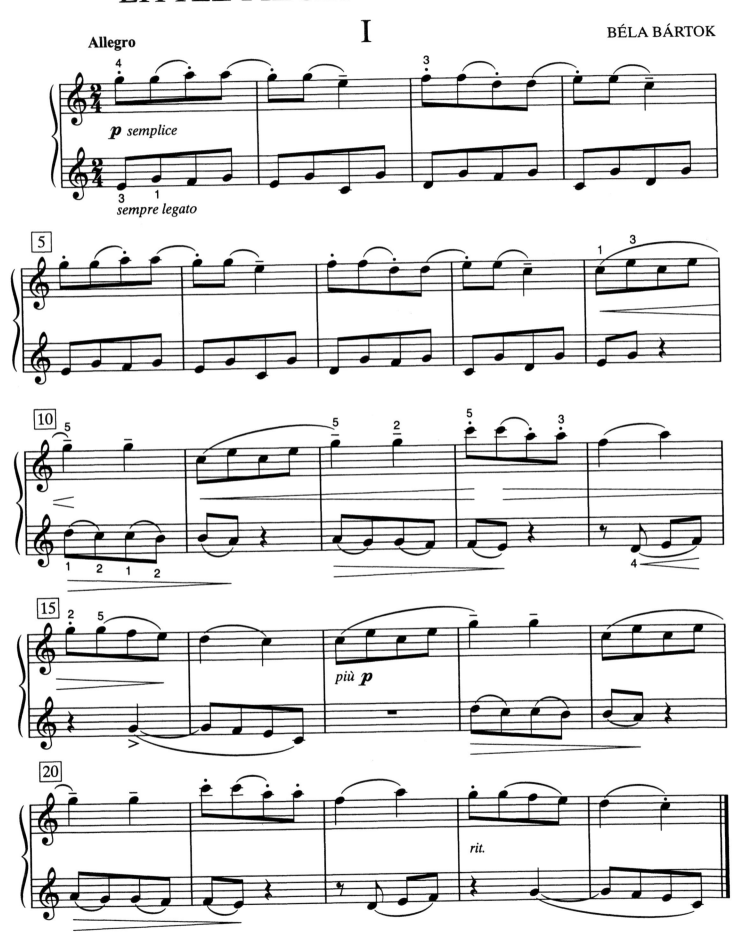

II

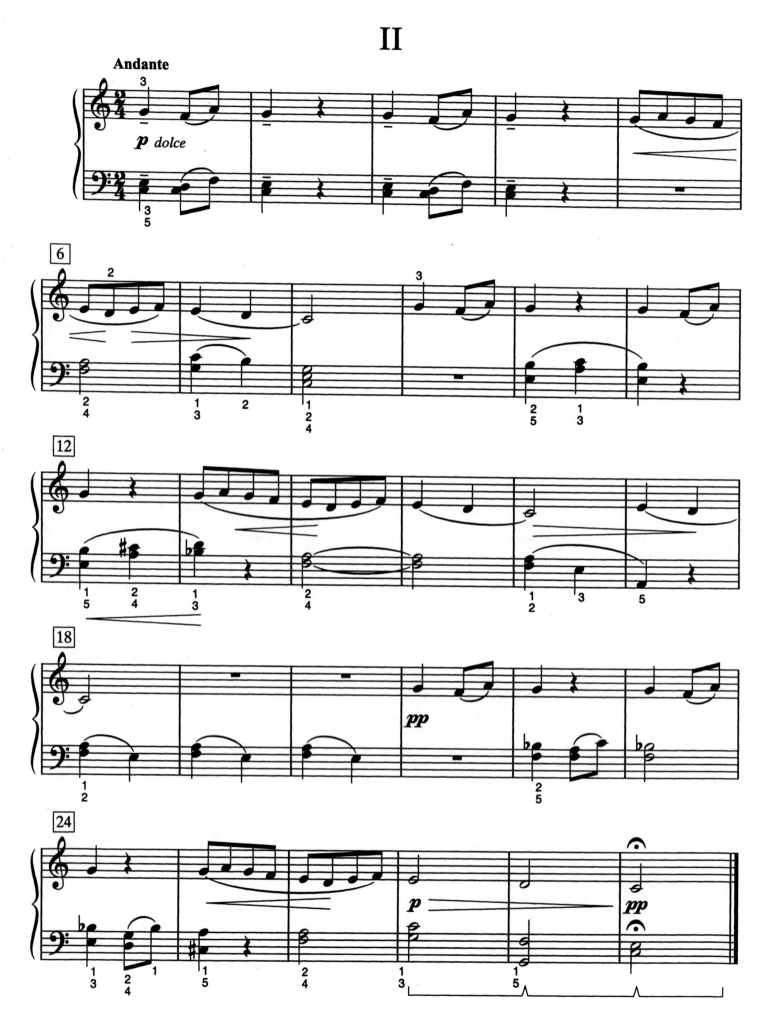

III

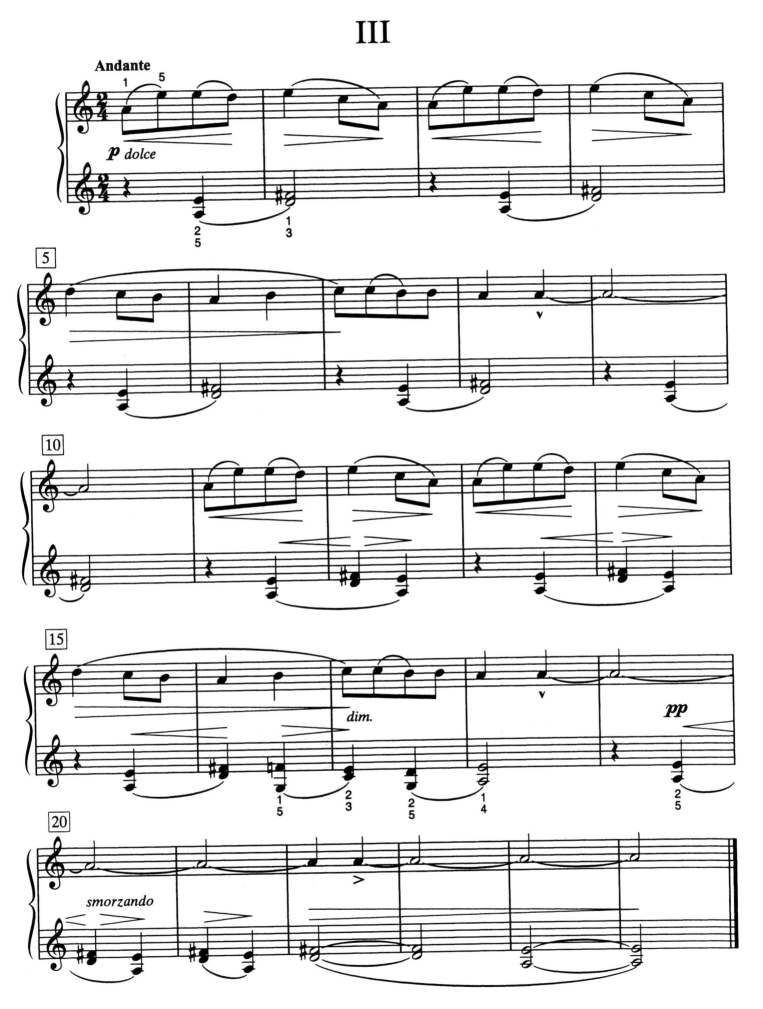

IV

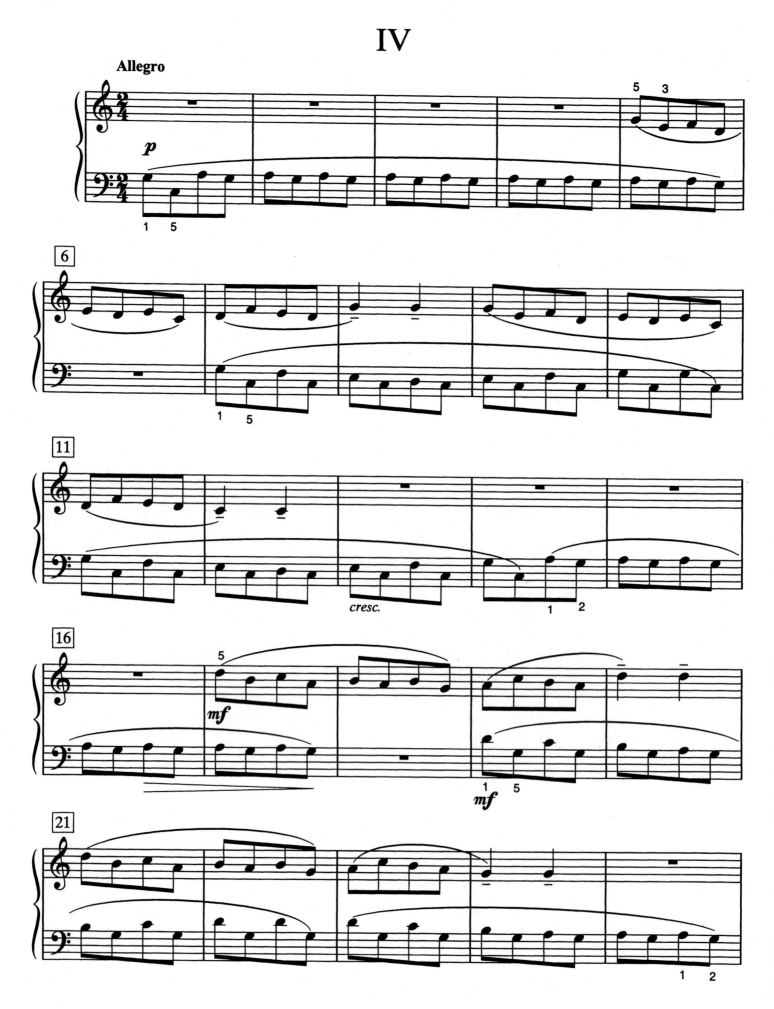

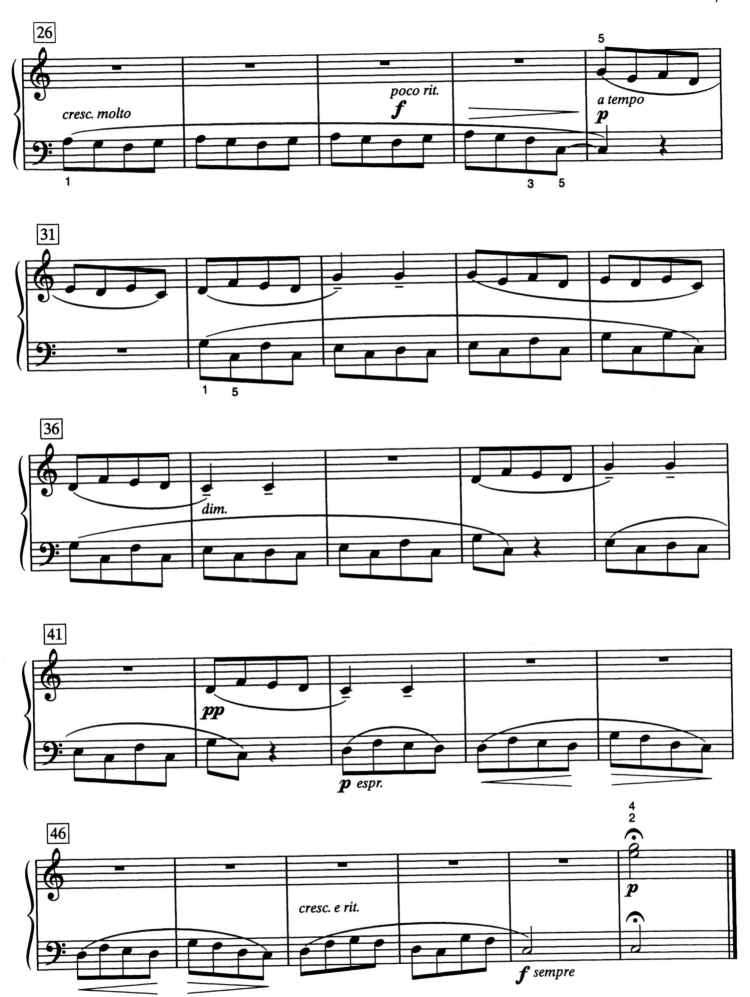

V

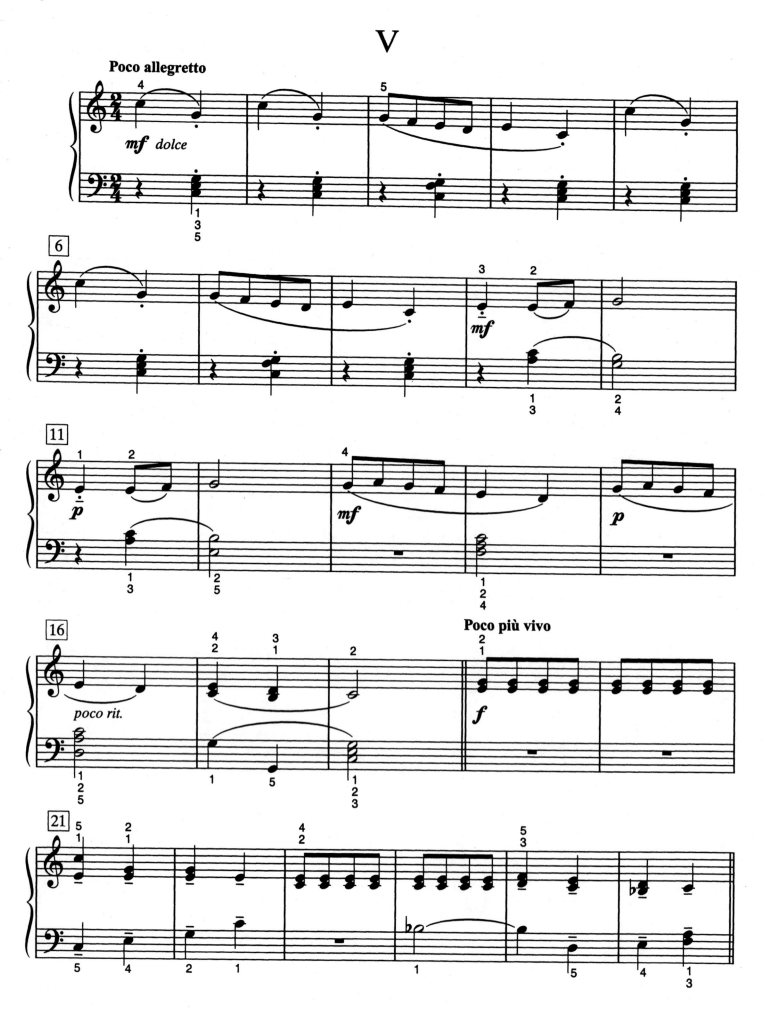

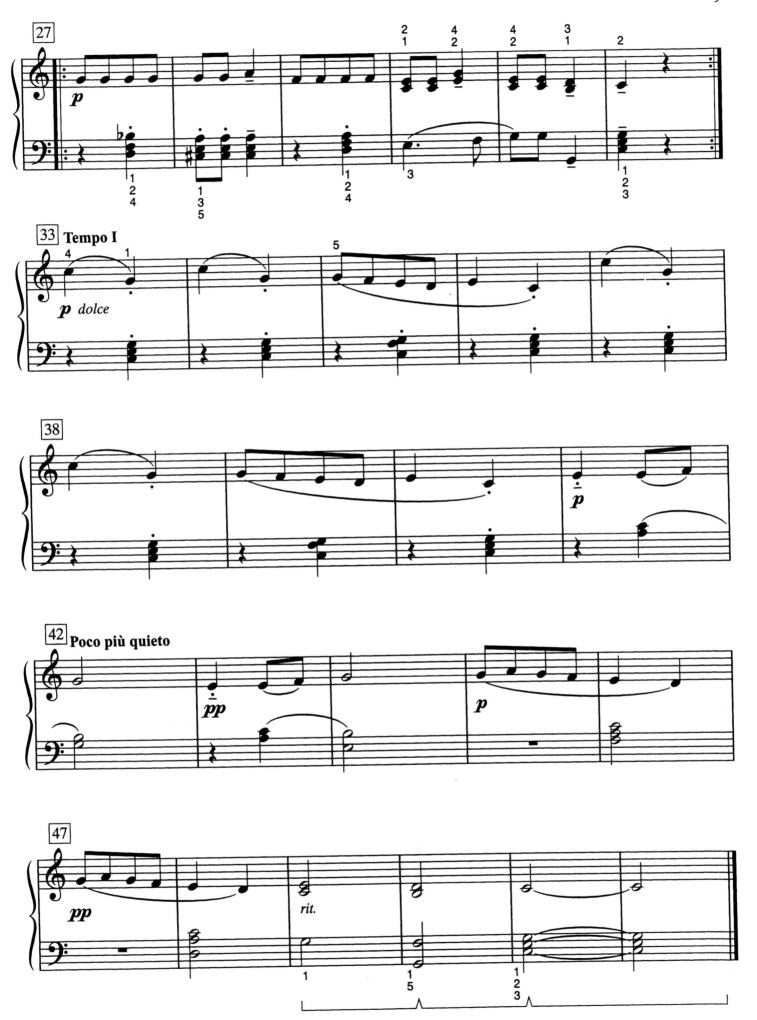

VI

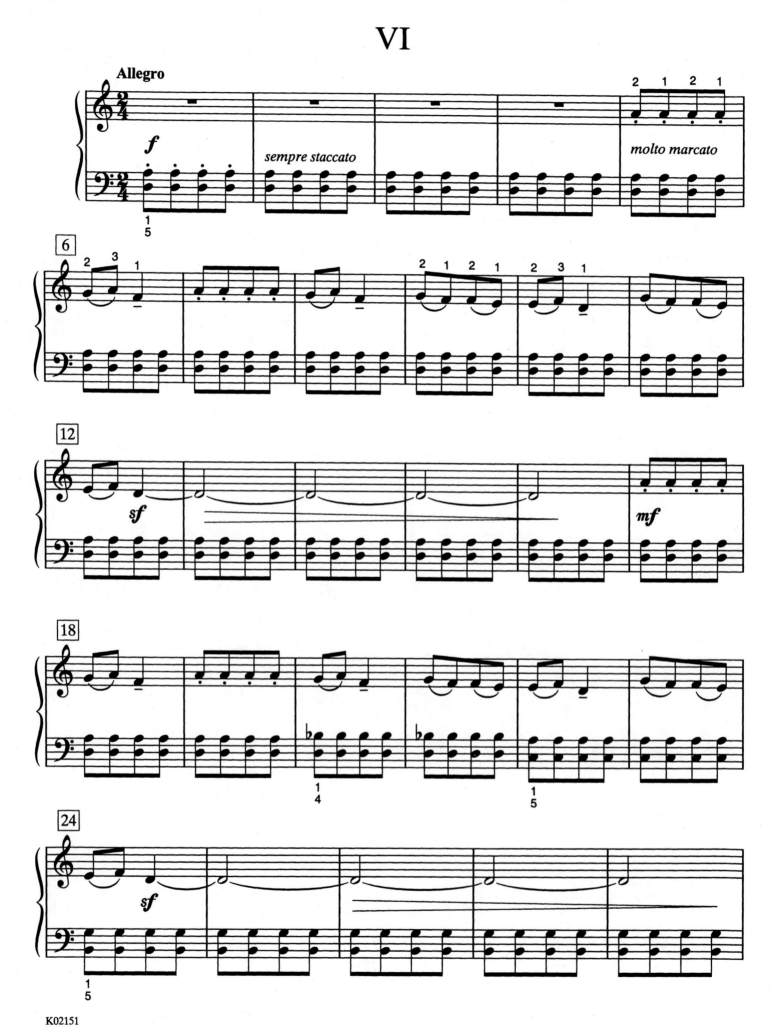

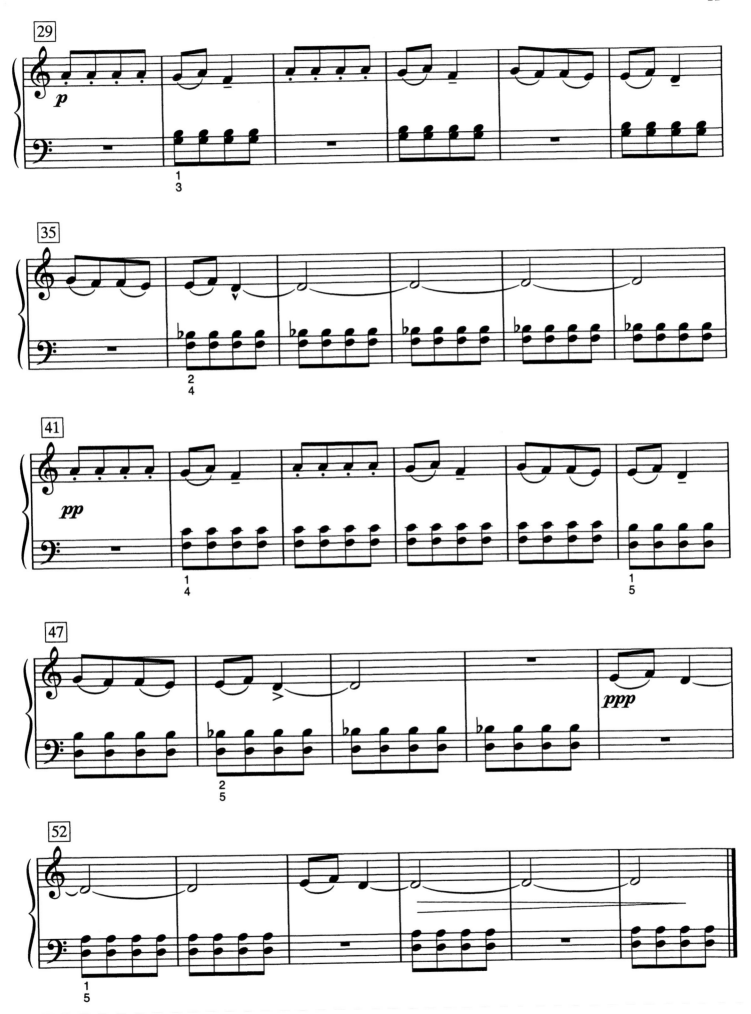

VII

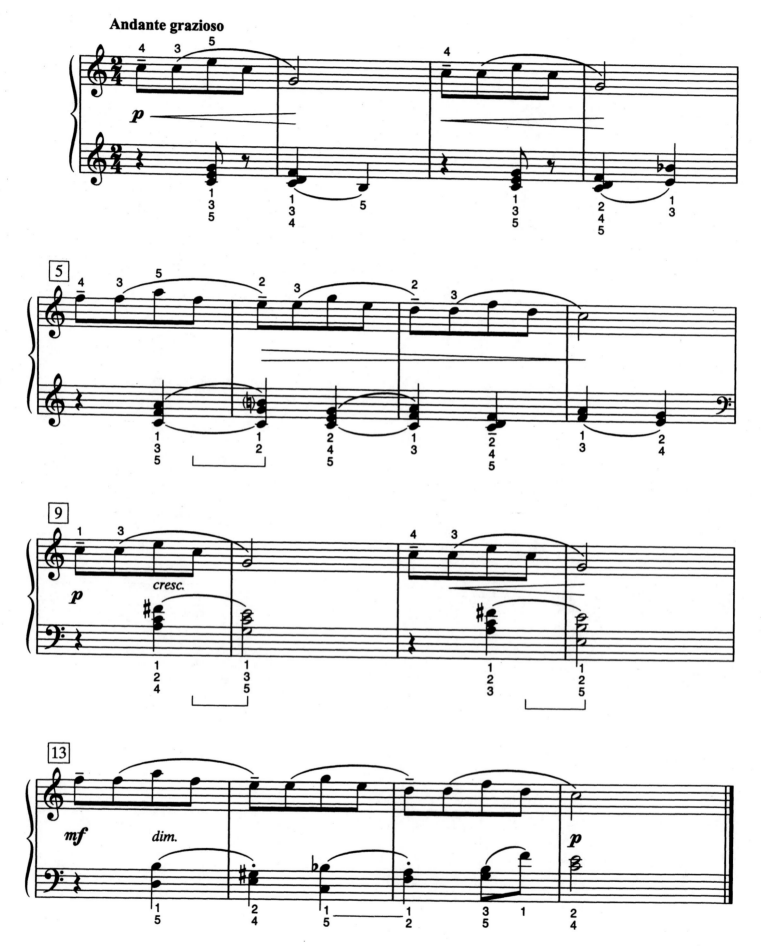

VIII

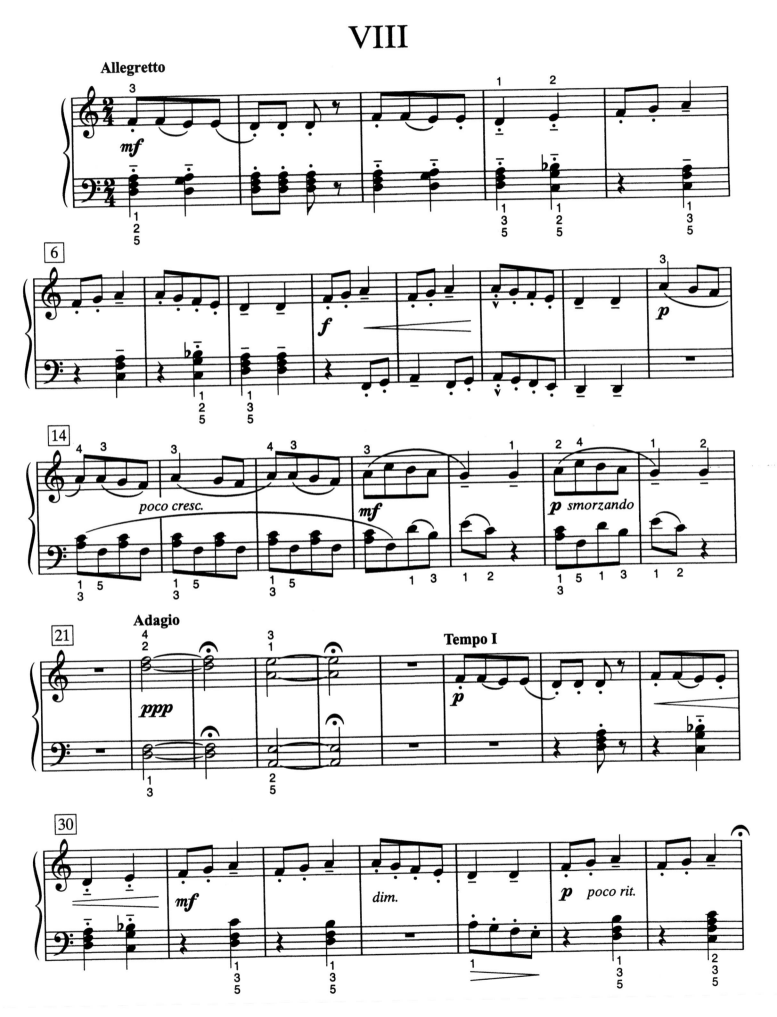

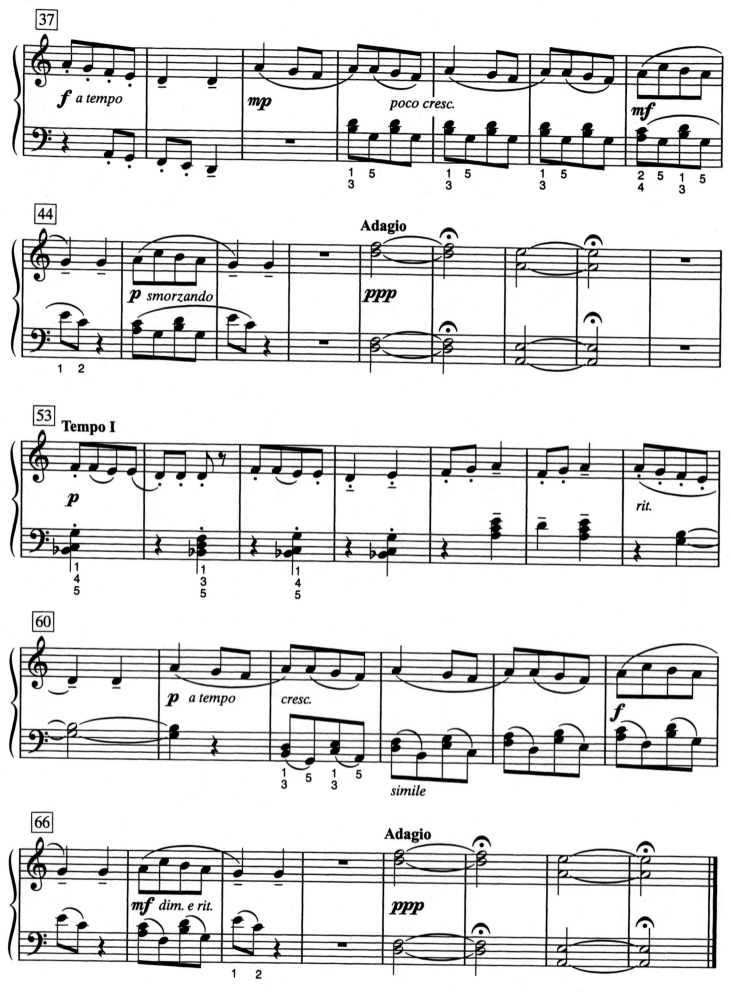

IX

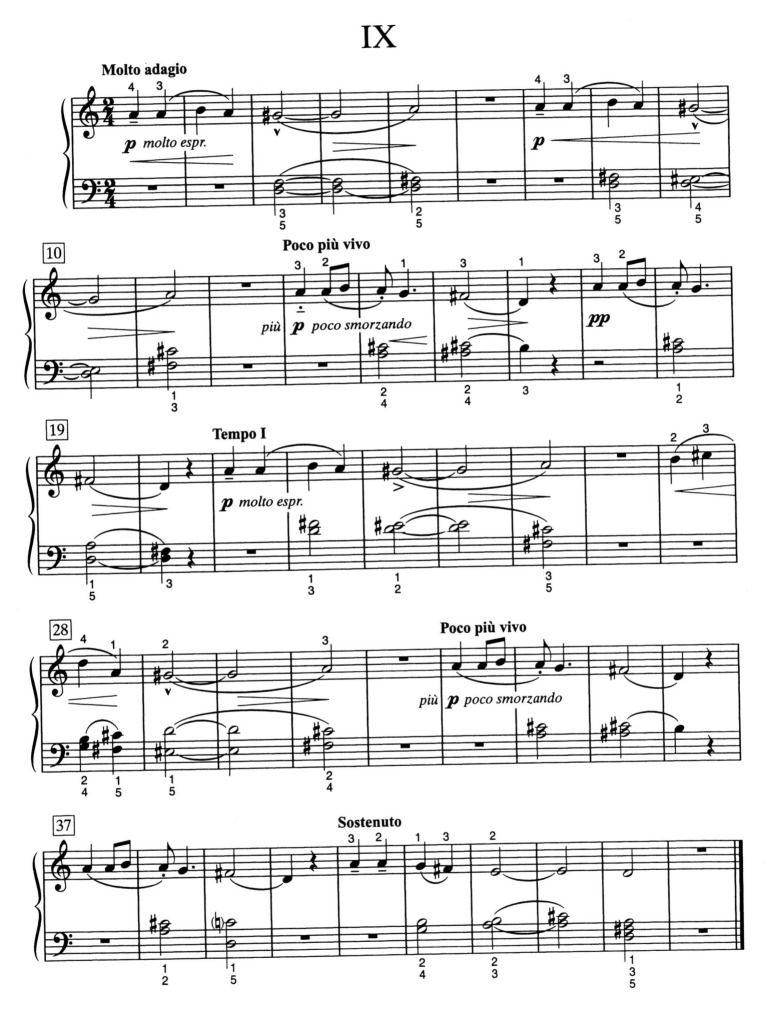

X

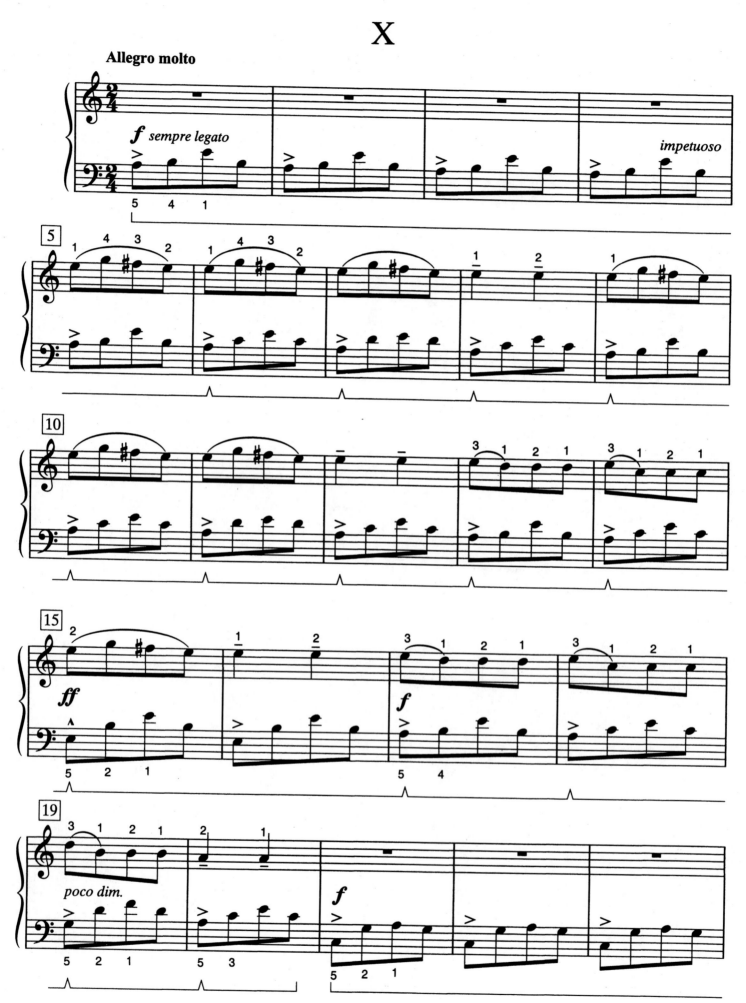

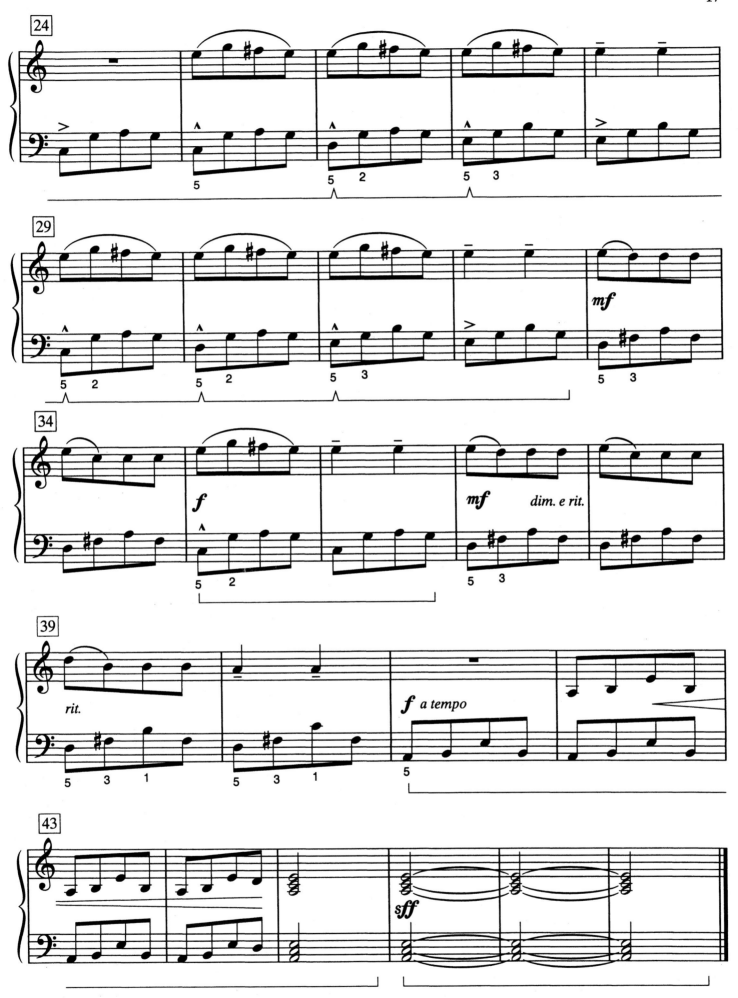

XI

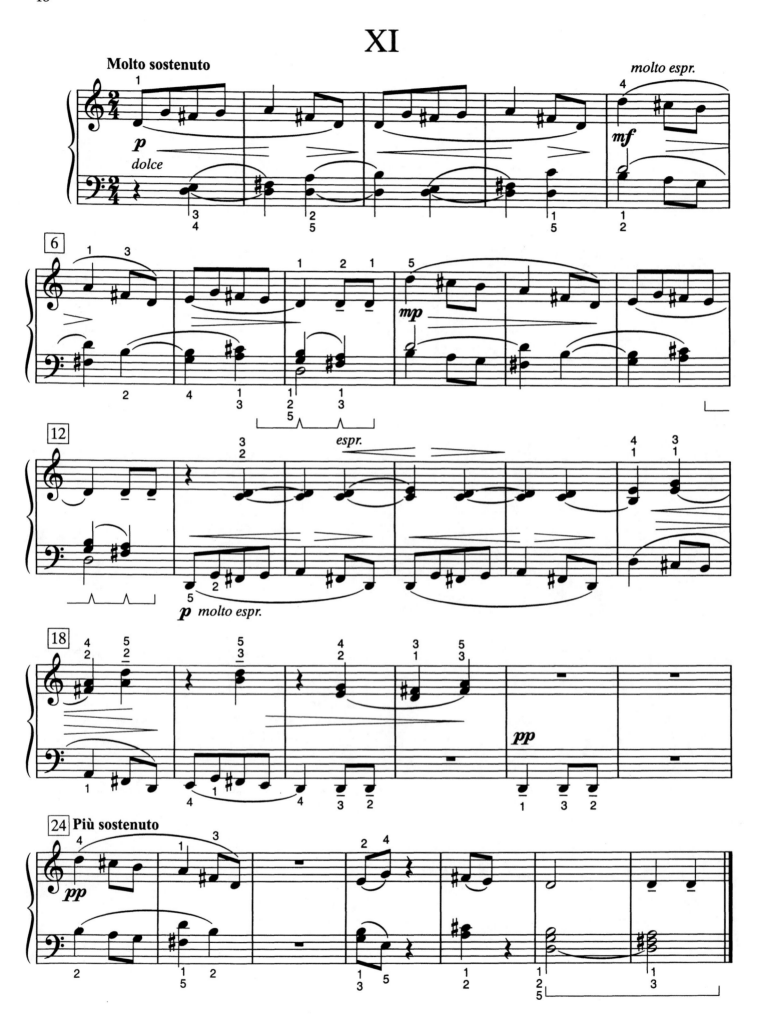

XII

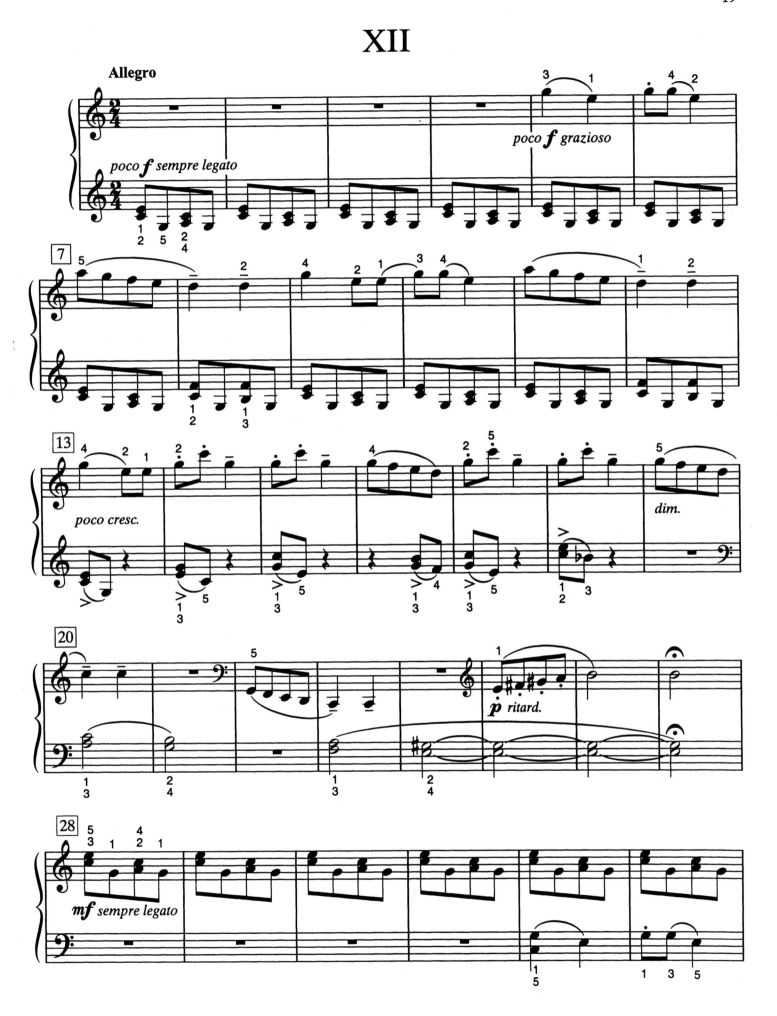

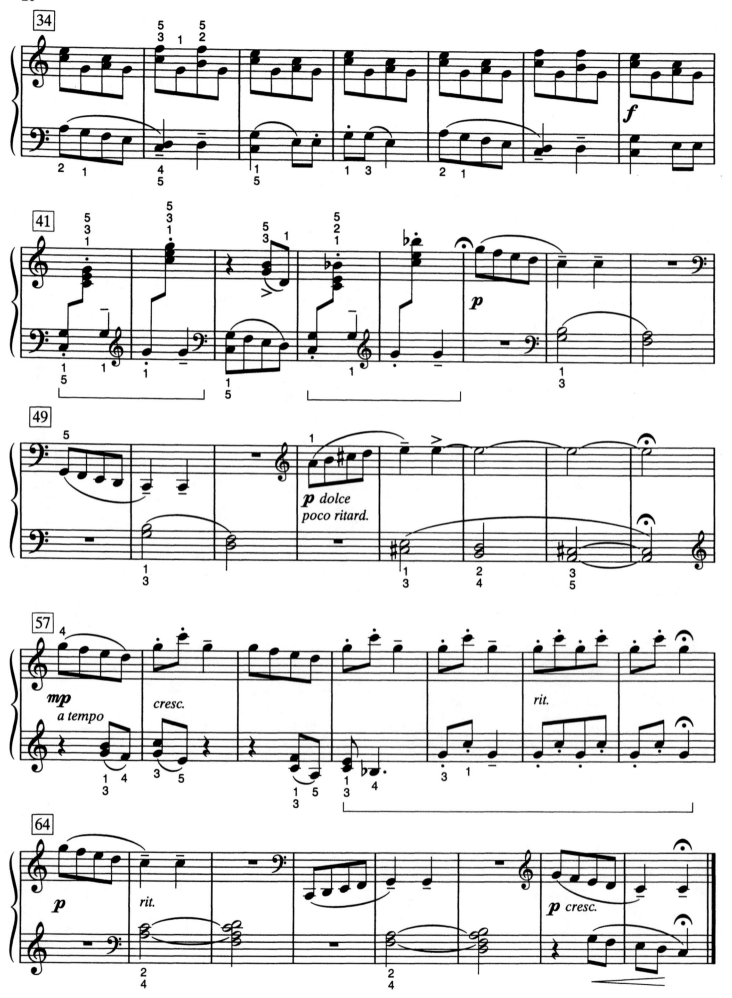

XIII

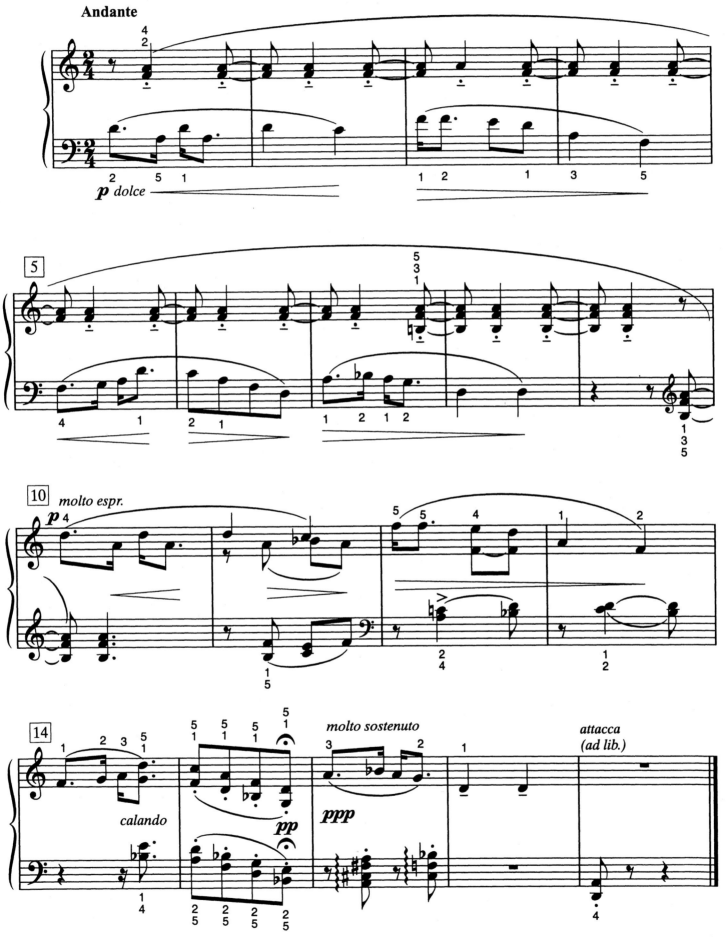

XIV

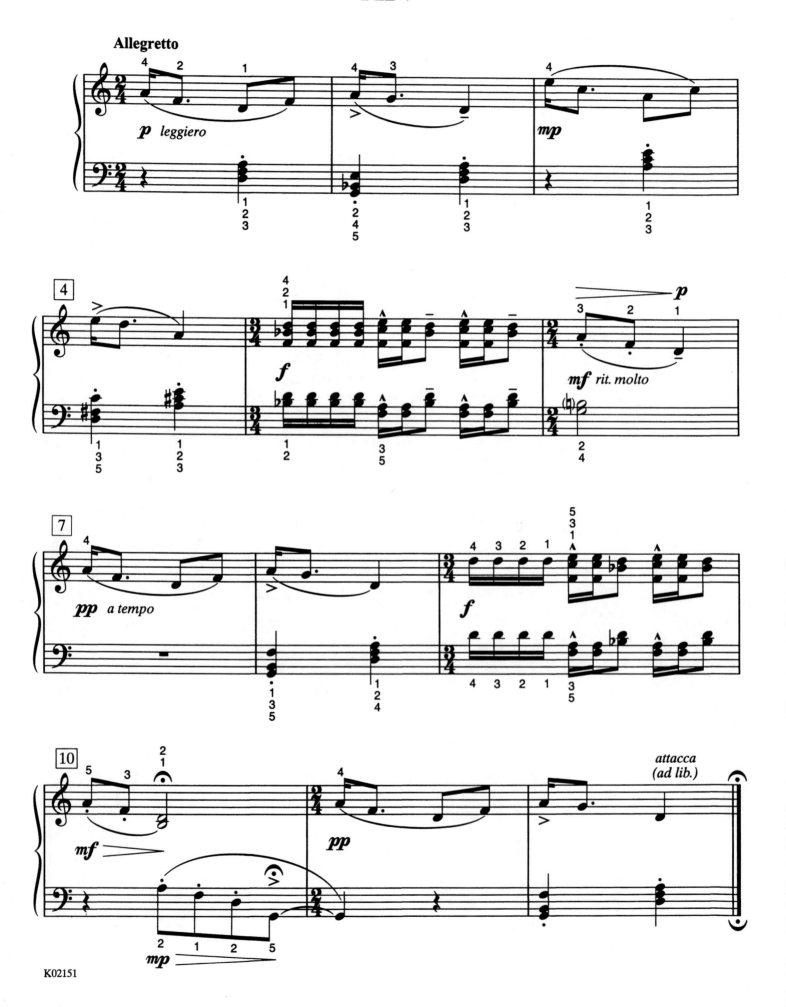

XV

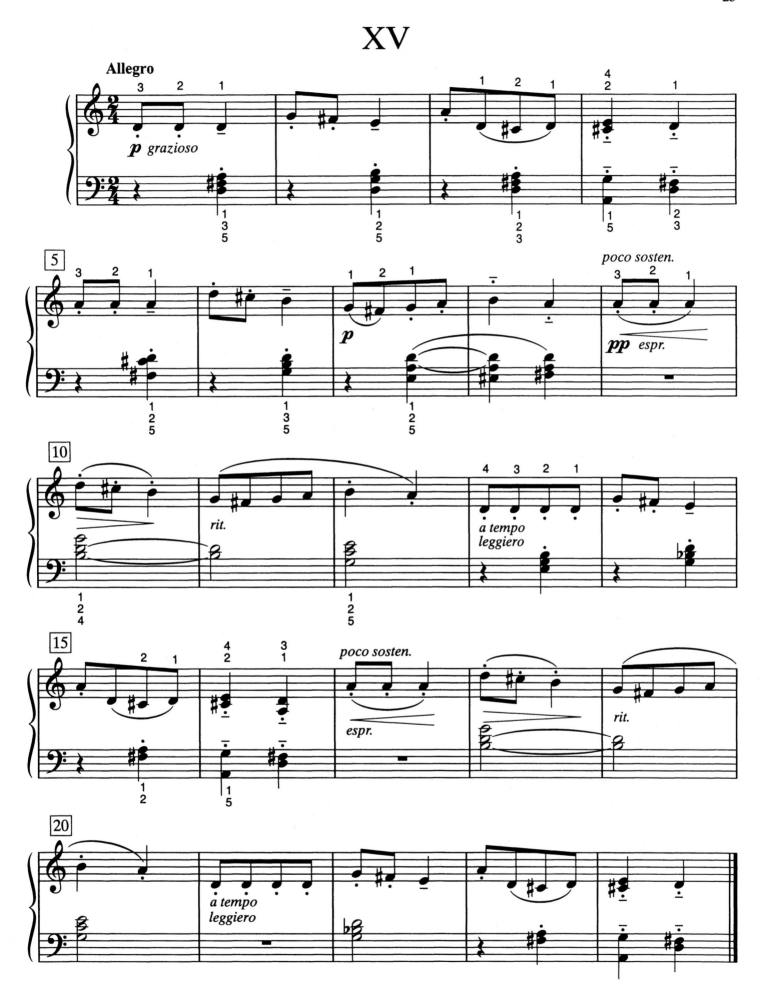

XVI

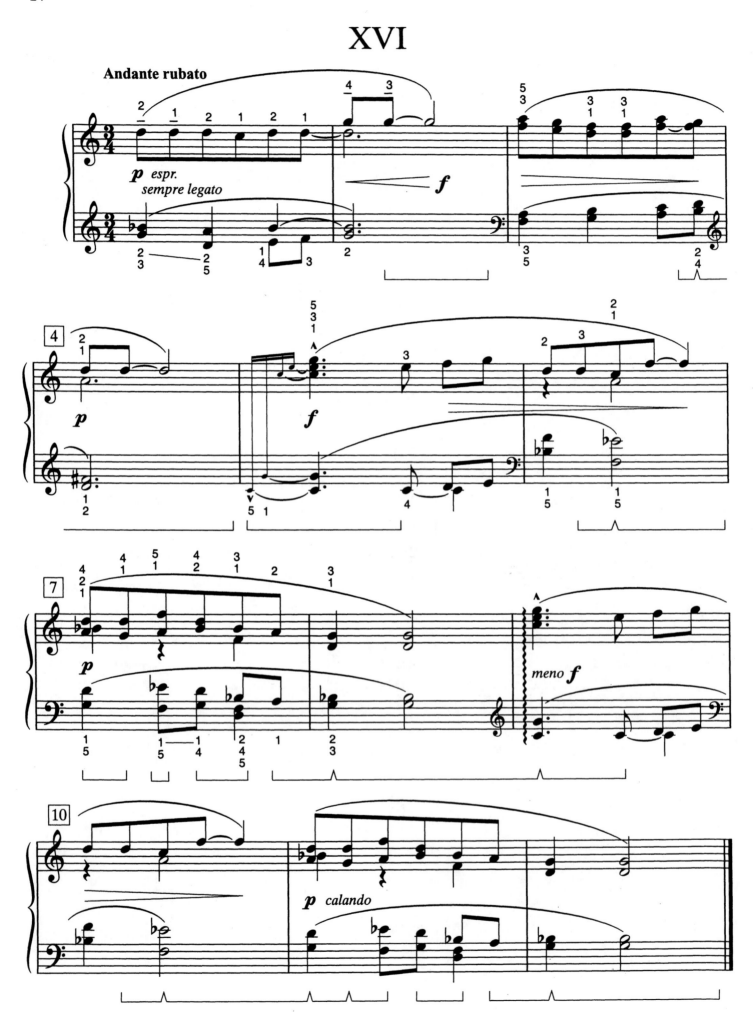

XVII

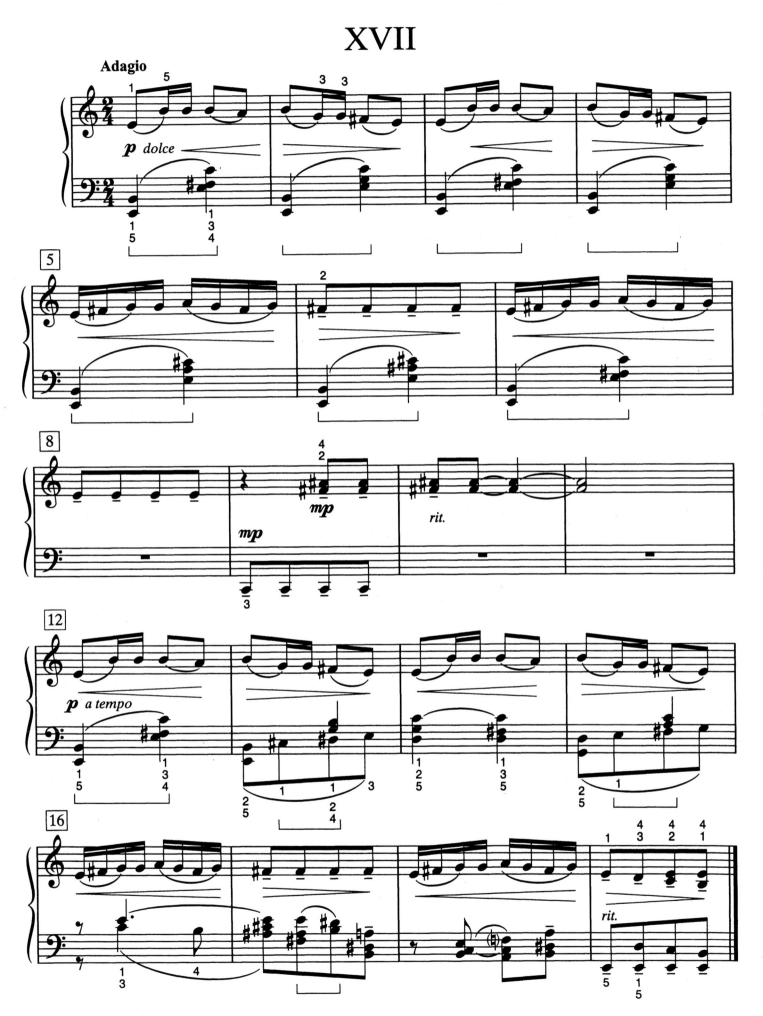

XVIII

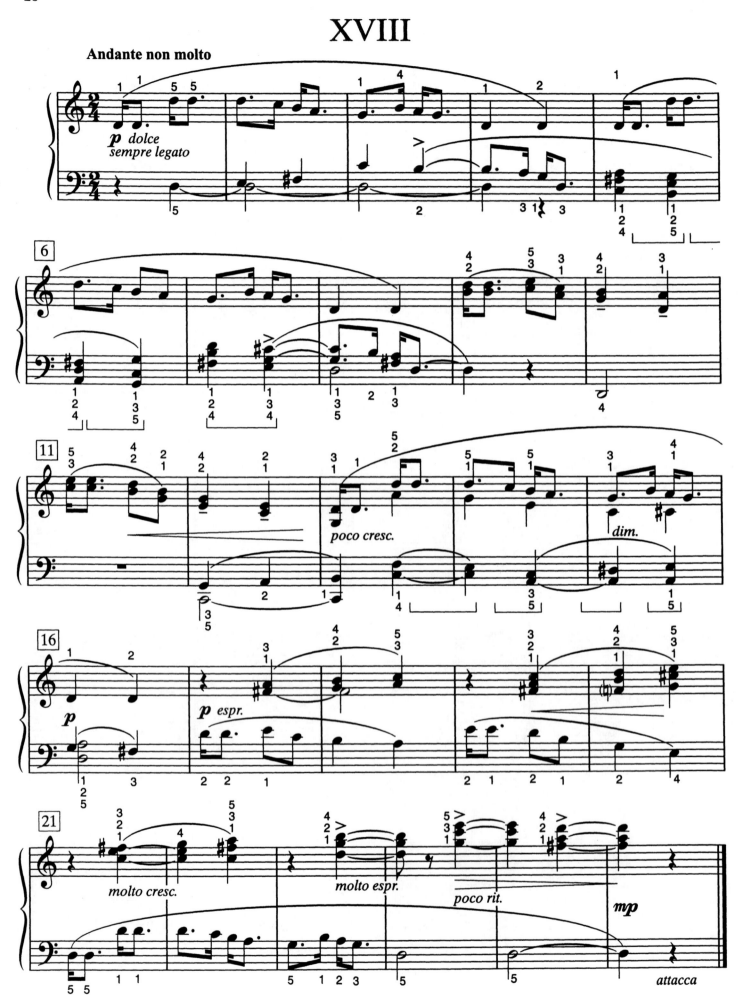

XIX

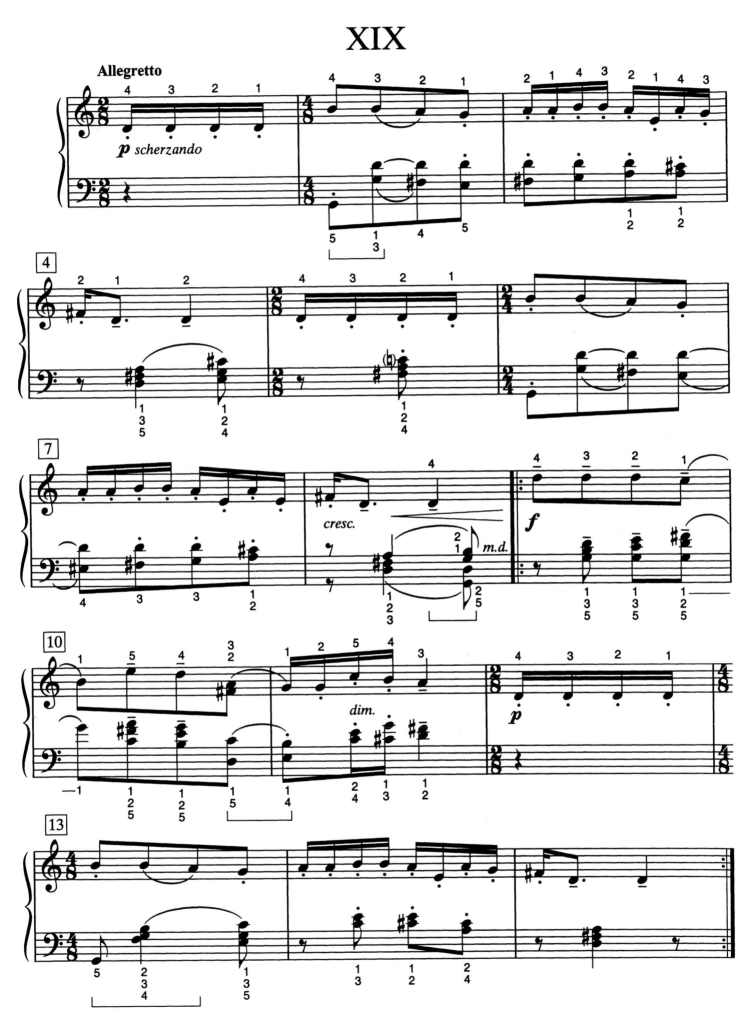

XX

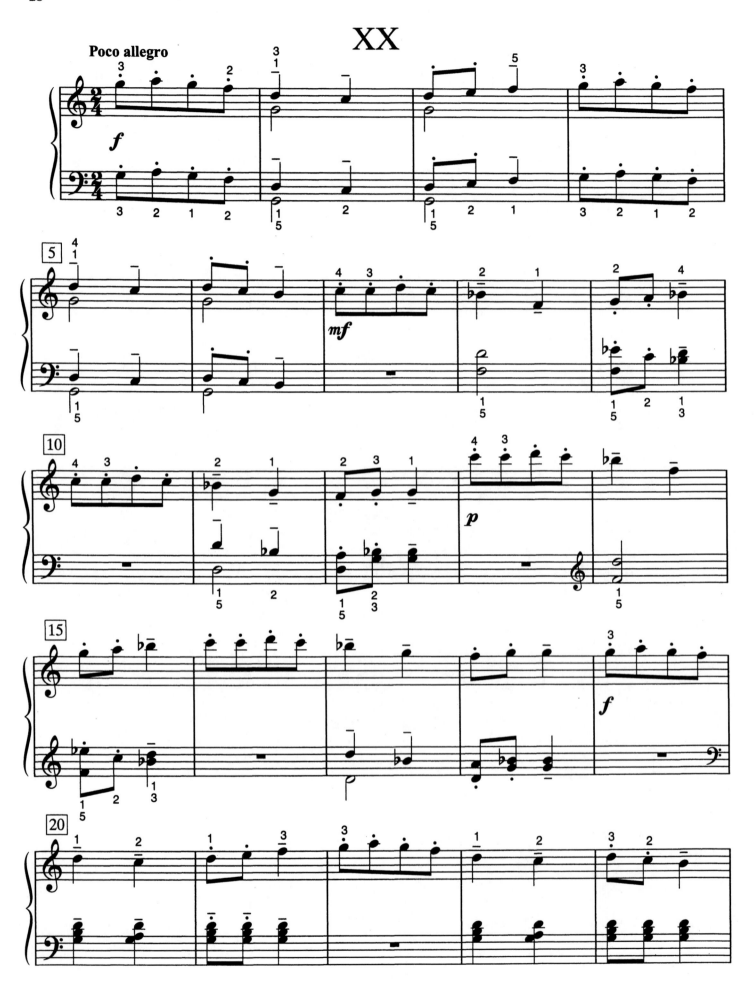

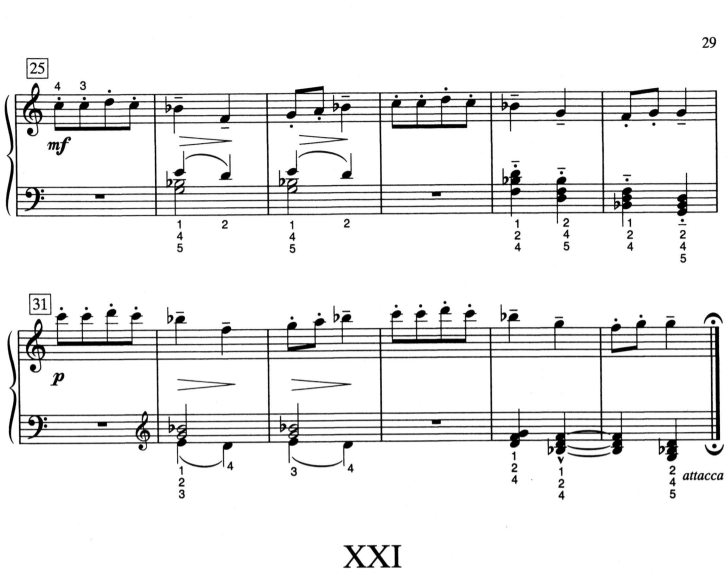

XXI

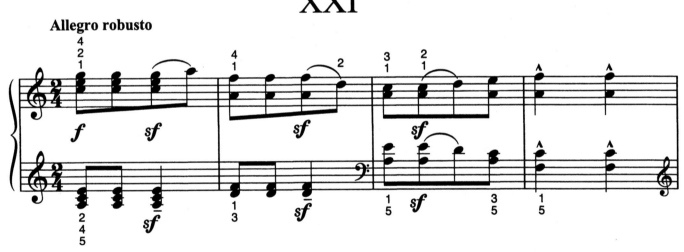

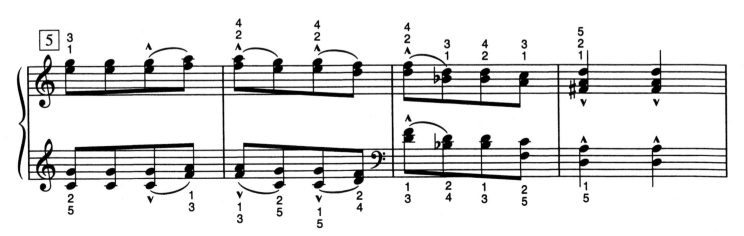

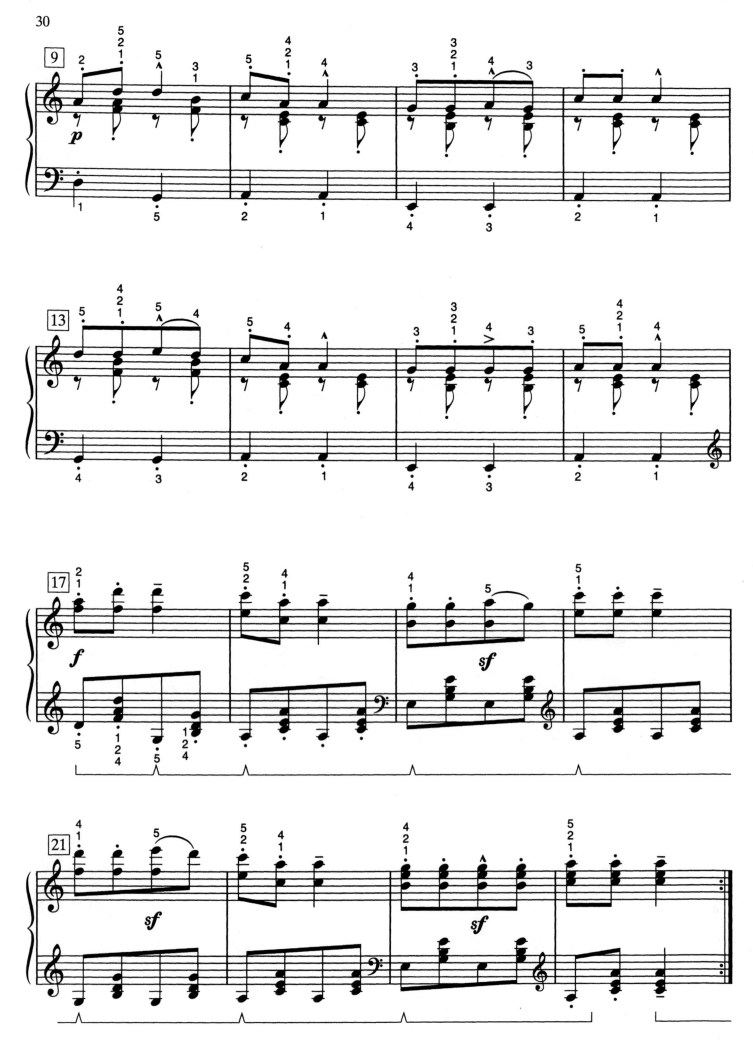

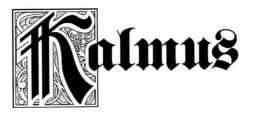